M. de la Mettrie —

Revue de Paris
Octobre 1831

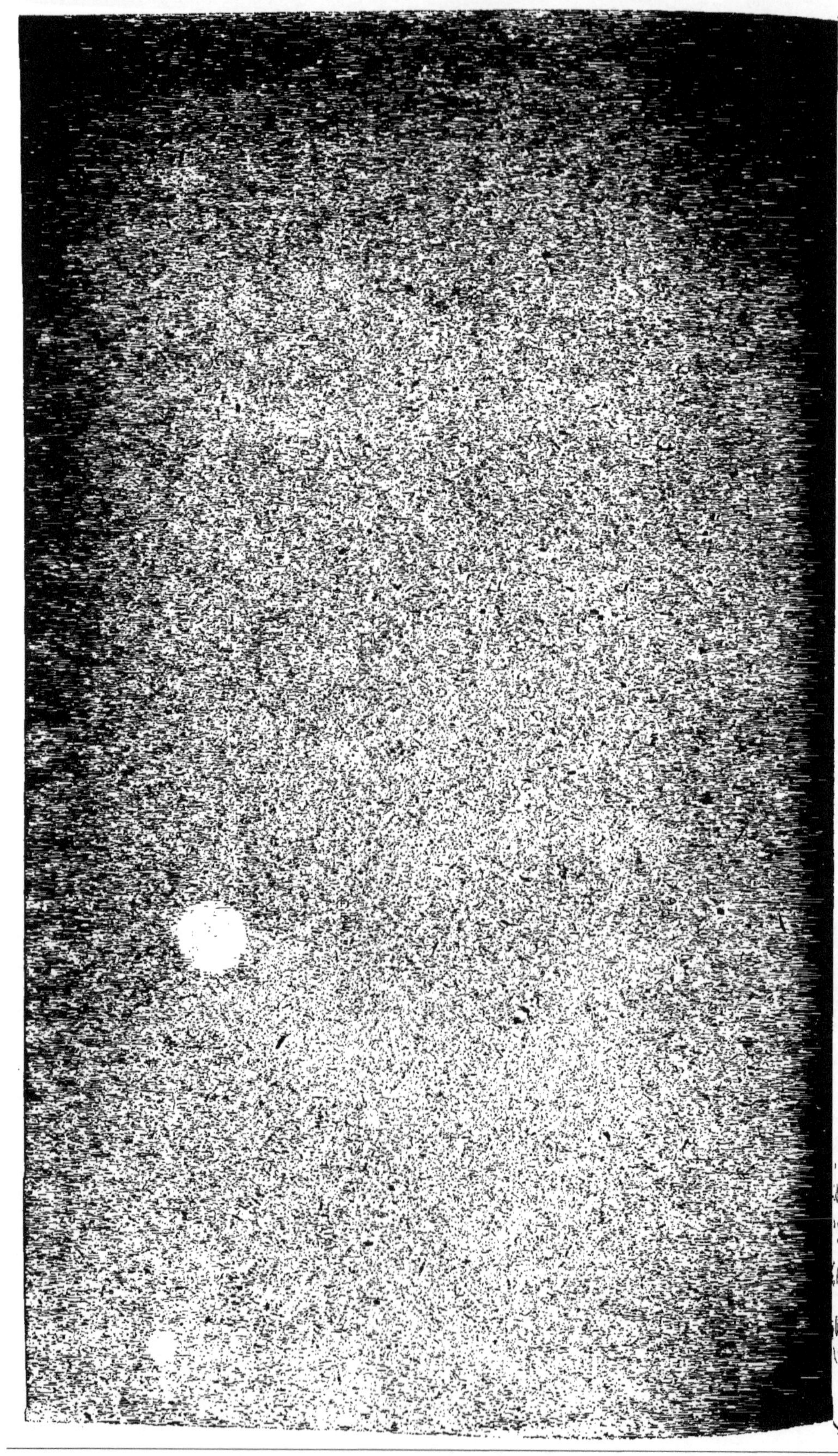

M. DE LA METTRIE,

ou

LES SUPERSTITIONS.

« Quoique le soleil touche à la fin de son cours, il n'est pas encore
» jour chez Nyctale; gardez-vous de le réveiller. Son sommeil a proba-
» blement été retardé par les croassemens d'un oiseau de mauvais augure
» ou par les hurlemens d'un chien perdu. Les songes qui lui sont surve-
» nus depuis sortaient tous de la porte d'ivoire, et il attend encore ceux
» du matin, qui ne manquent jamais d'apporter d'utiles enseignemens
» pour la conduite de la vie. N'espérez pas l'entraîner d'ailleurs dans
» quelque divertissement, car c'est aujourd'hui vendredi, un jour fâ-
» cheux, un jour contraire et néfaste, *nigro notanda lapillo.* Mais
» voilà Nyctale qui vous suit tout pensif, quoiqu'il ait chaussé son pre-
» mier escarpin du pied gauche, et qu'il vienne de buter, en sortant,
» contre le seuil de sa porte. Vous avez pour le maîtriser quelque pierre
» constellée ou quelque talisman sympathique, puisque vous le décidez à
» prendre part à votre banquet dans cette maison, qui est la seule du

» quartier où les hirondelles n'aient pas fait leur nid dans les travées des
» fenêtres et entre les solives du plafond. Tout à coup cependant son
» visage se rembrunit. Ne s'est-il pas assis par mégarde en face du mé-
» chant miroir de Bohême qu'un lourdaud de valet rompit l'autre jour;
» ou bien aurait-il trouvé son couvert d'argenterie en croix à côté d'une
» salière renversée ? Je me trompe : il est occupé d'un soin vraiment sé-
» rieux, il compte les convives un à un; et maintenant que vous le voyez
» pâlir et trembler, il vient de s'assurer pour la troisième fois qu'ils
» étaient treize. A compter de ce moment il n'y a plus de repos pour Nyc-
» TALE. Les mets les plus délicats se changent en poison sous sa main
» comme au festin des harpies, et il ne cherche qu'un prétexte pour sor-
» tir, quand la couronne de lumignons brûlans qui fait pencher les mè-
» ches négligées l'avertit heureusement qu'il doit recevoir aujourd'hui à
» son logis une visite ou un message. Il s'esquive subtilement, sans que
» personne ait pu deviner la cause de sa tristesse et de son impatience.
» NYCTALE est homme de bien, de savoir et de bon conseil, dont les
» honnêtes gens font état, qui s'est montré propre aux affaires, et qui se
» porte avec prudence et fermeté dans l'occasion; mais NYCTALE est su-
» perstitieux. »

Je disais l'autre jour, en m'appuyant d'une expression de Montaigne,
qu'on ne *rebattrait* jamais assez l'oreille des hommes du nom de la superstition, pour les forcer à comprendre qu'ils sont absurdes dans les ac-
ceptions qu'ils attachent aux mots, insensés dans le jugement qu'ils por-
tent des idées, et plus présomptueux encore qu'ignorans. C'est cette
fantaisie qui m'avait décidé à charger d'un long commentaire l'étopée
classique dont je viens de vous donner connaissance, et que vous seriez
bien fondés à regarder comme la plus mauvaise de notre grand peintre de
caractères, si je vous la donnais pour autre chose que pour un détestable
pastiche.

Mais, tout réfléchi, j'aime mieux vous raconter ce que me disait à ce
sujet mon vieil et respectable ami Jacques Mauduyt, un soir de vendé-
miaire an VIII, que nous dînions ensemble chez Legacque, dans un cabinet particulier, car il avait la bonté d'aimer à s'entendre causer devant
moi, quoique je ne fusse alors qu'un jeune écolier très-novice en philosophie; et comme j'étais fort avide de science, j'y prenais de mon côté un
singulier plaisir.

Or, si vous aviez oublié M. Jacques Mauduyt, ce qui pourrait bien être arrivé au train que vont les réputations, je me félicite de pouvoir vous apprendre que c'était un homme studieux, savant, modeste, parfait d'esprit et de mœurs, qui avait concouru tout jeune, sans sortir d'une sage et méritoire obscurité, aux travaux de l'académie de Berlin, où il fut le confrère et l'élève de Voltaire, de Maupertuis, de Formey, du marquis d'Argens, du roi de Prusse, d'une foule de gens de lettres plus ou moins célèbres dont les principaux sont ici classés par ordre de talens; et qu'il exerçait, à l'époque dont il est actuellement question, les honorables fonctions de président d'une école centrale, dans laquelle je me formais, sans le savoir, à grossoyer des feuilles bonnes ou mauvaises pour la *Revue de Paris*, quand je ne serais plus d'âge à commencer l'apprentissage d'un métier plus utile et plus sûr.

Un jour donc qu'il me donnait à dîner chez le Lointier du directoire, sur la terrasse des Tuileries : « Voici qui mérite attention, » me dit-il quand il fut arrivé au troisième ou quatrième chapitre de la carte. J'écoutais de toutes mes oreilles, parce que c'était le moment où il avait coutume de développer devant moi toutes les richesses de son érudition et de sa mémoire.

« Manges-tu du pigeon rôti ? » reprit-il en consultant ma pensée d'un regard scrutateur.

Je ne sais quel effet aurait produit sur vous une pareille question; ce qu'il y a de certain, c'est qu'elle fut pour moi l'objet d'une de ces opérations de l'esprit qui s'exécutent spontanément, mais d'une manière très-logique, dans l'intelligence, et qui la tiennent comme suspendue un moment sur un nouvel abîme qu'elle vient de découvrir dans le monde moral.

Non, je ne mange pas du pigeon rôti.

Je ne me souviens pas d'avoir mangé du pigeon rôti.

Pourquoi ne mangerais-je pas du pigeon rôti si on en servait maintenant ?

Quel mal y a-t-il à manger du pigeon rôti?

De cet enchaînement de pensées je ne livrai à M. Mauduyt que la solution matérielle du problème. Je restai indécis sur les motifs déterminans de ma réponse, ou plutôt je n'essayai pas même de les débrouiller.

« Non, monsieur, répondis-je à M. Mauduyt en rougissant un peu, je ne mange pas de pigeon.

— Alors, continua-t-il avec une intention marquée de m'embarrasser, nous pourrons nous faire servir, si cela te convient mieux, un salmi d'hirondelles ou une brochette de moineaux.

— Eh! qui s'est jamais avisé, m'écriai-je, de manger des moineaux à la brochette et des hirondelles en salmi?

— Ce n'est pas l'usage, continua M. Mauduyt, quoique la chair de ces petits animaux soit fine, délicate, exquise et d'une facile digestion. Mais tu ne m'as pas dit si cette répugnance te vient du défaut d'habitude, ou si elle est systématique. »

Puis il se retourna du côté du garçon qui nous servait, et lui demanda, sans m'interroger davantage, la moitié d'une poularde au cresson.

« C'est ce que j'ignore entièrement, repartis-je, car je n'y ai jamais réfléchi. Ce n'est peut-être qu'un caprice.

— Voilà ce qui te trompe, dit-il. Le caprice est une explication bonne pour les esprits paresseux qui ne prennent pas la peine de chercher en eux-mêmes une explication plus rationnelle de leurs choix et de leurs résolutions. L'arbitre de l'homme ne s'arrête jamais à un dessein sans y être porté par quelque mouvement qui lui est propre et qui résulte, ou de son instinct naturel, ou de l'instinct auxiliaire que lui a fait son éducation, ou de l'empire d'un raisonnement occulte qui s'est développé en lui à son insu, mais dont il retrouverait, en s'étudiant soigneusement, les principes et les corollaires.

— Cela est probable, répondis-je tout haut; — mais, ajoutai-je en moi-même, voilà bien de la philosophie à propos de l'usage de manger du pigeon !

— Cela est si probable que cela est sûr. Le pigeon, l'hirondelle et le moineau sont les hôtes volontaires de la maison de l'homme. On croirait que la nature les a produits tout exprès pour entretenir dans sa pensée le souvenir de son premier état, et pour ne pas lui laisser perdre de vue ses anciens rapports avec le reste du monde créé. Ils ne sont pas ses vassaux par droit de conquête; seulement ils aiment à vivre dans les bâtimens qu'il a édifiés, et y accourent à l'envi comme s'ils étaient faits pour eux. Ils l'enchantent des grâces variées de leur vol, de leurs chants et de leurs couleurs; car le pigeon plane avec élégance et avec noblesse, il roucoule tendrement, il déploie au soleil les richesses de sa robe nuée de mille reflets, il reproduit tous les jours sous nos yeux ces miracles d'amour et d'inconsolable constance dont les poëtes sont obligés de lui emprunter le modèle. L'hirondelle, au vêtement plus sévère, comme il convient à une exilée, file, s'égare et disparaît dans l'air. Elle va au loin pour nous préparer à la perdre; elle vient de loin pour nous consoler par l'idée de la revoir. Elle ne sait que susurrer et se plaindre, et son murmure inquiet ressemble à des pleurs, parce qu'elle a le soin d'une famille. Tu sais de quels enseignemens elle est chargée pour nous : elle annonce la pluie, elle annonce le beau temps, elle annonce le deuil de l'année, elle annonce le retour de la bonne saison; elle porte sur ses ailes noires le calendrier du laboureur. C'est elle qui apprit à nos pères l'art de l'architecture rustique; c'est elle qui apprend à nos filles les sollicitudes et les joies de la maternité. Le moineau, habillé comme un simple paysan pauvre, mais robuste, de bonne humeur, et tout dispos pour une fête, le moineau, vif, indiscret, curieux, pétulant et bouffon, vole, sautille, bondit au milieu de nos troupeaux et de nos enfans. Il babille, il jargonne, il siffle, il porte partout la gaieté. Libre habitant du toit domestique, où il paie sa bienvenue en plaisirs, on lui doit tout ce qu'il dérobe, on lui donne tout ce qu'il demande, et il le sait si bien qu'il ne manque jamais, quand la neige couvre la terre où dorment les semences que nous lui avons confiées, de venir frapper du bec, avec un air résolu, à la vitre de la salle à manger, pour réclamer les miettes du festin. En vérité, n'imagines-tu pas que le premier homme qui fit servir sur sa table le pigeon de ses tourelles, l'hirondelle de ses corniches et le moineau de ses murailles, viola outrageusement les saintes lois de l'hospitalité?...

— Je sais maintenant, lui répondis-je, pourquoi je ne mange point de pigeons, d'hirondelles ni de moineaux; et je tiens que c'est un crime qui prend place tout de suite après celui de l'anthropophage!...

— Il en est de cette idée comme de presque toutes celles que la pratique des honnêtes gens t'a inculquées depuis l'enfance, et dont tu n'as pas encore développé le sens mystérieux dans ta petite cervelle, car je doute qu'il se soit accrédité parmi les peuples quelque prétendu mensonge qui ne soit pas fondé sur une vérité morale fort essentielle. Aurais-tu entendu parler par hasard de M. de La Mettrie?

— Il n'est personne qui n'ait entendu parler de M. de La Mettrie. C'était l'athée à titre d'office du roi de Prusse, précisément comme Bébé était le nain du roi de Pologne.

— Athée en toutes choses, reprit M. Mauduyt : médecin qui ne croyait pas à la médecine; moraliste qui ne croyait pas à la vertu; psychologiste qui ne croyait pas à l'ame; courtisan qui ne croyait pas à la royauté. Je l'ai vu entrer plus d'une fois, par une chaude journée de l'été, dans le cabinet de Frédéric, se laisser tomber sur un canapé après un petit salut assez brusque, camper ses pieds poudreux sur un tabouret, jeter sa perruque sur un fauteuil, se débarrasser de sa cravate, et s'éventer sans façon de son mouchoir de poche, pendant que le despote philosophe riait à part et entre ses dents de ses sottes incartades. C'est que l'athée du roi se trompait un peu sur ses véritables attributions à Potsdam. Les temps étaient changés, et non pas les choses, depuis Brusquet et Langeli. La Mettrie se croyait l'égal de son maître, et il n'en était que le fou.

Tout fou qu'il était, et il entrait, je pense, quelque secrète combinaison dans son extravagance, La Mettrie avait du bon; je le connaissais fort peu, mais je préférais de beaucoup son entretien au verbiage diffus du directeur général de l'Académie et à l'expansion cynique du vieux Formey, l'étourdi le plus fécond en *spropositi* que j'aie entendu de ma vie. L'originalité vraie ou fausse de La Mettrie était du moins féconde en aperçus piquans et nouveaux, en paradoxes ingénieux qu'il savait énoncer d'une manière saisissante, et qui, après avoir fait sourire la raison, lui laissaient toujours à penser. Il avait le bonheur de se convaincre de ses idées en les développant; et comme il n'était pas dénué d'une certaine verve d'imagination, il s'élevait souvent jusqu'à l'éloquence quand il était contredit. La bizarrerie est un fâcheux travers de l'esprit; mais les hommes bizarres, et tu auras plus d'une occasion de t'en apercevoir, ont un immense avantage dans la conversation sur les hommes simplement sensés. Ils n'ennuient presque jamais. —Dans je ne sais quelle occasion où nous devions rejoindre le roi à quelques journées de Berlin, je proposai à La Mettrie de partir avec moi le lendemain à frais communs.

« C'est demain vendredi, répondit-il, et je ne me mets pas en route le vendredi. Pour samedi je suis des vôtres. »

Je le regardai fixement pour m'assurer qu'il ne plaisantait pas. Il était fort sérieux.

Nous partîmes le samedi. Le hasard avait réuni à la couchée deux ou trois voitures suivant la cour. Je m'étais arrangé pour souper à table d'hôte.

« C'était aussi mon intention, me dit La Mettrie; mais je viens de vérifier que ces messieurs seraient onze; nous ferions treize à nous deux, et nous souperons chez nous, s'il ne vous convient mieux que je soupe seul, car je suis bien décidé à ne pas m'asseoir à une table de treize couverts, quand il me sera possible de faire autrement. »

Je souris et je fis servir dans ma chambre. Il la parcourut d'un coup d'œil à la clarté des flambeaux qui nous précédaient.

« Une araignée! s'écria-t-il en tirant sa montre d'un air soucieux. — Bon, bon, reprit-il aussitôt, le soleil n'est pas tout-à-fait couché. »

Il prit ensuite sa place, après avoir rétabli soigneusement le parallé-lisme symétrique de sa fourchette et de son couteau, qui étaient tombés en croix l'un sur l'autre de la main du domestique.—Nous restâmes long-temps sans rien dire. Je ne pouvais voir dans les circonstances qui m'a-vaient frappé que le caprice d'un esprit singulier ou l'ironie trop prolongée d'un esprit supérieur qui se joue des folles erreurs du vulgaire, en les exagérant à dessein; mais, comme j'avais à cœur de m'éclaircir de ce doute, je rompis enfin le silence :

« Pourrais-je vous demander sans indiscrétion, mon cher confrère, dis-je à La Mettrie, pourquoi vous ne vous mettez jamais en route le ven-dredi, si toutefois ce que vous m'en avez dit l'autre jour est autre chose qu'un prétexte en l'air ou qu'un malin persiflage?

— Il n'y a rien de plus vrai, répondit La Mettrie, et je vous en dirai volontiers la raison. Je ne ferai pas valoir l'autorité des vieilles traditions

de tous les pays sur la fatalité des jours : elle est universelle, elle est probable, elle s'appuie sur des exemples tellement multipliés qu'ils lui don-
nent presque la certitude de l'histoire. Mais vous savez que je n'admets,
en matière de raisonnement, que ce qui repose sur des faits sensibles. Je
ne vous demanderai pas s'il est des jours de votre vie dont vous voyez revenir l'anniversaire avec douleur, au bout d'un quart de siècle que vous
avez déjà vécu; mais s'il en était autrement, vous ne seriez pas homme,
ou vous ne seriez pas digne de l'être. Il faut seulement que vous admettiez
que ce sentiment naturel à l'individu n'est pas moins naturel à l'espèce,
et qu'il y a des anniversaires calamiteux dans l'histoire des nations comme
dans celle de l'homme. Eh bien ! avez-vous réfléchi quelquefois sur ce qui
s'est passé aux yeux de la terre, il y a plus de dix-sept siècles, dans le
petit pays de Judée, et dont l'impression s'est perpétuée jusqu'à nous,
surtout chez les classes naïves de la société, à travers une soixantaine de
générations? Si vous l'avez oublié, je vous dirai ce que c'était. Il y avait
un homme alors, un pauvre et digne homme, un ouvrier nazaréen, qui
avait lu avec fruit dans son enfance, qui avait voyagé pour s'instruire et
pour cacher sa vie, qui avait pénétré le secret moral de tous les mythes
des religions surannées, et qui revenait après vingt ans dans le pays de
ses pères à la tête d'une douzaine de sages aussi misérables que lui, pro-
clamer le premier la vérité en face de toutes les tyrannies et de toutes les
religions de l'ancien monde. Ce n'était pas une petite affaire, car on n'a
jamais révélé aux esclaves qu'ils étaient les égaux de leurs maîtres, sans
leur donner l'envie de s'en faire des esclaves; mais il enveloppait ses le-
çons d'une morale si conciliante et si douce que les plus superbes et les
plus irrités se laissaient façonner, en dépit d'eux-mêmes, à l'indulgence
de sa pensée. Il ne fut tiré qu'une épée dans son histoire, et il l'a mau-
dite. Les riches de la terre se soulevèrent contre lui, l'aveugle populace
le chargea d'ignominies, les prêtres le firent fouetter de verges, et il se
trouva, comme cela se trouve toujours, un traître pour le vendre et des
juges pour le condamner. On le pendit un vendredi entre deux voleurs,
auxquels il adressait en mourant des paroles d'amour et de charité, de la
bouche qui venait de pardonner à ses bourreaux. Ce fut un grand malheur
pour le genre humain, qui ne méritait d'ailleurs ni une telle loi ni une
telle victime, mais dont il aurait avancé les affaires de plus de deux mille
ans s'il avait vécu âge d'homme, comme sa bonne constitution et ses
bonnes mœurs semblaient le lui promettre. On refera bien des révolutions

avec ses principes, mais j'ai peur qu'on n'en fasse plus avec ses sentimens, et c'est ce qui imprimera aux révolutions à venir une tache indélébile de scandale et de frénésie. Vous reconnaissez l'homme dont je vous parle, et vous savez que je ne crois pas sa divinité plus légitime que celle d'aucun des innombrables dieux d'Alexandre Sévère, mais ce n'est pas ma faute, et quand nous ferons un dieu à la majorité, comme un académicien de Berlin, sous le bon plaisir du roi de Prusse, il faudra bien se garder d'en prendre un autre que le charpentier de Bethléem.

» Vendredi! continua La Mettrie avec exaltation, vendredi à jamais exécrable, où le généreux patron de l'humanité souffrante a rendu son dernier soupir dans l'opprobre et dans les tortures! Vendredi fatal, où le soleil aurait dû réellement se voiler de ténèbres, comme le racontent les historiens ecclésiastiques, s'il avait été autre chose qu'un soleil, c'est-à-dire qu'une masse inorganique, insensible aux douleurs de notre matière organique et sensible! Vendredi qu'il faudrait effacer du nombre des jours, suivant l'expression de Job, sauf à doubler un autre jour de la semaine, s'il y en avait un qui fût pur de crimes! Oh! qu'il meure éternellement le vendredi où le juste est mort, emportant avec lui dans son suaire toutes les vertus de l'espèce et toutes ses libertés! — Ne pensez-vous pas d'ailleurs, mon ami, que ce soit assez de la conviction amère et profonde de cent millions de familles qui gémissent tous les vendredis sur la mort du Christ, depuis Berlin jusqu'au Japon, pour exciter dans une ame d'homme quelque triste sympathie? Vous n'oseriez sourire dans la famille affligée où la petite fille pleure la perte de sa poupée, et la grand'maman la mort de son sapajou, et vous seriez sans compassion pour les regrets de cette famille immense qui pleurait hier sur la mort d'un Dieu! Quant à moi, pour prendre part aux angoisses de tant d'ames navrées, je n'examine pas si elles sont fondées en raison, mais si elles sont vives et sincères; — et voilà pourquoi je n'entreprends rien le vendredi. »

— J'écoutais émerveillé cette déclamation de La Mettrie, dont je n'ai pas retranché un mot, parce que je voulais, avant tout, te donner une idée des formes habituelles de sa logique et de son élocution, pour t'épargner la peine de lire les ouvrages inutiles ou dangereux qu'il a laissés, et dont le moindre défaut est d'être écrits sans goût, sans critique et sans conviction. Je tâcherai d'être plus laconique dans le reste de mon récit.

» C'est sans doute la même idée, lui dis-je, qui vous fait répugner à voir l'image de la croix figurée par une fourchette et un couteau? Ces deux superstitions (passez-moi le mot) se touchent du moins de fort près dans l'imagination du peuple.

— La même idée et d'autres encore, repartit La Mettrie. Image d'un supplice parricide que la populace de Jérusalem a fait subir au plus sage et au plus doux des philosophes; image plus vivante et plus commune d'un supplice moderne, horrible dans sa cruauté quand il est infligé au coupable, et pour lequel l'indignation n'a pas assez d'anathèmes quand il frappe l'innocent, comment voudriez-vous que cette croix odieuse n'attristât pas pour moi l'appareil du repas où deux amis viennent échanger leurs pensées, et goûter le plaisir d'être ensemble? Si je fuis la croix au théâtre sanglant de nos exécutions homicides, pourquoi me condamnerais-je à la retrouver dans l'intimité du souper? Ce n'est pas tout. Cette figure hideuse est choquante pour un œil amoureux de l'ordre, qui se complaît au repos d'une image régulière, et qu'offusque et révolte la confusion des lignes superposées. Il faut que cet instinct nous soit bien naturel, puisque Pythagore en a fait une des bases de sa philosophie, et c'est pourquoi toutes les théogonies s'accordent à voir l'emblème de la divinité dans le triangle parfait, depuis les bergers astronomes jusqu'aux théologiens scholastiques, depuis le *delta* des Grecs jusqu'à la trinité de Tertullien et de Bossuet. Notre goût universel pour les équilatères et pour les parallèles est d'ailleurs le principe fondamental des beaux-arts, et l'homme qui ne le comprendrait pas serait inférieur à l'abeille même, si invariable dans la construction uniforme de son pentagone. Oui, je conçois qu'un génie chagrin que cette anarchie linéaire et cette violation du parallélisme afflige trop amèrement soit réputé superstitieux; mais je soutiens qu'une organisation que ne remue pas un peu ce barbarisme de laquais n'a rien au-dessus de la brute.

— Avec cette facilité d'émotions et de souvenirs, mon cher philosophe, il ne vous sera pas malaisé de m'expliquer votre antipathie pour le nombre treize, que le peuple, avec son expression pittoresque et figurée, appelle le *point de Judas?*

— Il vous fait horreur comme à moi, et j'en rends grâces à votre raison. N'est-il pas pénible de se rappeler, dans une société de treize hommes, composée par le hasard, que dans un nombre pareil de frères choisis par le juge le plus intelligent du cœur humain qui ait jamais existé, il se trouva un bandit capable de livrer aux bourreaux son bienfaiteur, qu'il regardait comme son Dieu? Quel sentiment doit s'éveiller en vous alors, à la vue de vos convives? Le moins qu'on puisse se demander, c'est lequel serait au besoin délateur et assassin? Ce nombre se soustrait d'ailleurs à toutes les idées d'ordre, car il exprime le premier des chiffres extra-numéraux du calcul duodécimal, dont le type est emprunté, comme vous le savez, aux douze *lignes* des phalanges de nos quatre doigts, qui sont représentées à leur nombre concret par le cinquième doigt ou par le *pouce*. Or ces chiffres hétéroclites répugnent à notre esprit de méthode et d'harmonie, comme les lignes qui se détournent de la perpendiculaire. Mais ce n'est pas tout que cela. Les calculs de la probabilité de la vie nous ont prouvé que sur treize hommes de différens âges qui s'égayent autour d'une table, la nature en doit un tous les ans à la mort, sauf le bonheur de la chance. Dans un nombre plus grand, ce sentiment s'atténue; il se perd dans la multitude; il a ici tout le rigorisme d'une proposition arithmétique et toute l'exigence d'un problème qui attend sa solution. Le cadavre est assis au banquet, comme aux fêtes des Égyptiens. Qu'un tyran qui pousse un million d'hommes à la conquête de la Grèce réfléchisse douloureusement sur le destin qu'aura subi avant un siècle cette brillante génération de soldats, vous le comprenez; et vous voulez que je me réjouisse à la table ronde où j'échange entre mes camarades de vie et d'habitudes un toast d'espérance et de plaisir, que dans un an je ne rendrai plus à tous, ou qui ne me sera plus porté par personne !

— Ma foi, docteur, lui dis-je, ce n'est pas moi qui serai si exigeant maintenant. Je passe condamnation sur tout, mais je parierais cent contre un que vous n'aurez pas aussi bon marché de moi sur l'apparition d'une araignée après le soleil couché. J'avoue qu'une araignée est un animal fort désagréable à voir; mais je suis un grand sot si l'heure y fait quelque chose.

— Attendez, répondit La Mettrie en riant; ne faisons pas si légèrement les honneurs de notre esprit, et surtout ne pariez pas, car vous pourriez perdre. Le peuple est l'élève du temps passé, et la superstition en est la philosophie ; ils sont plus savans que vous et moi sur ces matières. — Vous n'ignorez pas que la nombreuse nation des araignées se distribue en différens corps d'arts et métiers, voués à des industries diverses, mais également hostiles, et parmi lesquels on distingue les filandières, qui saisissent leur proie dans des réseaux comme l'oiseleur, et les chasseresses, qui la poursuivent partout où elle peut se trouver, comme le chien courant ; celles-ci exécutent leurs évolutions dans la maison du pauvre à la piste des insectes nocturnes, et leur rencontre clandestine, aux heures de l'absence du soleil, n'a rien d'alarmant pour l'observateur. Il en est autrement de celles qui tendent leurs filets pendant le jour, aux mouches des appartemens, et aux myriades de petits volatiles qui dansent dans un rayon du midi. On ne les voit s'éloigner du trou qu'elles habitaient que lorsqu'elles y sont fatiguées par l'obsession de la chambrière dont le balai a brisé plus d'une fois leur tissu industrieux, et cette transmigration s'opère bientôt après, quand il leur reste encore le temps de suspendre ailleurs la trame où leur gibier vient se prendre. L'araignée que j'ai remarquée en entrant, et que vous trouveriez maintenant à la même place, car la lumière artificielle de l'homme fascine presque tous les animaux, appartient à cette habile tribu d'araignées stationnaires qui veillent patiemment au-dessus de leur piége, comme un bourgeois de campagne aux gluaux de sa pipée ou un braconnier à son affût ; et je n'ai pas été étonné, en y réfléchissant un peu, qu'elle courût contre son usage, à la manière des Bédouins, sur ces murailles où elle n'a rien à faire, notre installation dans votre chambre ayant dû être précédée de quelque mesure de propreté tardive et paresseuse, assez inaccoutumée dans ces taudis. Quand le soleil est couché, le vagabondage de cette voyageuse dépaysée n'a plus de signification naturelle. Ce n'est plus l'heure du travail ni celle du guet. Il indique alors quelque perturbation inconnue dans son étroit domicile. Vous ne coucheriez pas volontiers dans une vieille maison d'où les rats s'enfuient par légions, parce que vous savez que ce phénomène a toujours annoncé la chute prochaine du bâtiment. Je ne vous expliquerai point les circonstances toutes matérielles qui les en avertissent, et qui se présentent d'elles-mêmes à votre esprit. N'en est-il pas de même de l'araignée ?. . . . .

— De l'araignée plus intelligente encore et plus irritable, dis-je en l'interrompant ; de l'araignée si sensible aux moindres ébranlemens qu'à la vibration d'un instrument ou d'une voix qui fait frémir sa toile, elle se précipite, ou plutôt se laisse tomber, au centre où convergent tous ses rayons, ce qui lui a valu assez ridiculement, selon moi, la réputation de musicienne. Je conçois aisément que, dans la case étroite dont les parois la pressent de toutes parts, elle soit prévenue long-temps avant l'homme de l'accident qui menace sa demeure.

— Puisque vous prenez à votre compte cette superstition du peuple en la développant, reprit La Mettrie, je n'ai plus besoin de la justifier. Je me contenterai d'ajouter qu'il n'est pas bien prouvé que la prescience de l'araignée se borne à lui annoncer l'accident dont nous parlions. Nous n'avons pas compté tous les sens et tous les instincts secrets qu'elle peut avoir acquis, selon sa nature, pour la conservation de son espèce. Exposée dans les interstices de la cloison, ou sous le chaume des masures, aux dangers de toute espèce qui assiégent incessamment les habitations précaires des pauvres gens, qui nous dit qu'elle n'est pas avisée par quelque organe inconnu des lents progrès d'un incendie qui se cache encore, comme les oiseaux de marine, ou comme nos amies les hirondelles, de la tempête qui dort dans une nue à peine visible, au milieu d'un pur horizon ?

— Il faudrait ignorer les mystères les plus communs de l'organisation des animaux, répondis-je à La Mettrie, pour nier cette possibilité, qui a même à mes yeux tous les caractères de la vraisemblance ; mais puisque nous voilà aux hirondelles, dont je ne conteste pas l'infaillible prévoyance attestée déjà par Virgile, m'expliquerez-vous aussi aisément le ridicule préjugé populaire qui leur attribue une heureuse influence sur le bonheur intérieur des maisons où elles daignent bâtir leurs nids ?

— Beaucoup plus aisément, me dit le philosophe ; et vous m'épargneriez cette explication si vous aviez pris la peine de la chercher un instant vous-même. Heureuse, et mille fois heureuse la maison aux nids d'hirondelles ! Elle est placée entre toutes les autres sous les auspices de cette douce sécurité dont les ames pieuses croient avoir obligation à la Providence. Et en effet, sans chercher dans l'hirondelle un instinct mer-

veilleux de prophétie que les poètes lui accordent un peu trop libérale-
ment, n'est-il pas permis de supposer du moins qu'elle n'est point privée
de l'instinct commun à tant d'autres espèces, qui leur fait deviner le sé-
jour le plus assuré d'une famille en espérance? Ne craignez pas qu'elle
se loge sous la paille inflammable d'un toit champêtre, ou sous les fra-
giles soliveaux d'une baraque nomade! Elle a si grand'peur des muta-
tions qui bouleversent nos domiciles d'un jour, qu'on la voit se fixer de
préférence aux édifices abandonnés dont nous nous sommes fatigués de
remuer les ruines, et que n'inquiète plus le mouvement d'une popula-
tion turbulente. Les hommes n'y sont plus, dit-elle, et elle construit
paisiblement sa demeure au lieu qui a déjà vu passer plus d'une génération, sans s'émouvoir de leurs ébranlemens. Si elle redescend aux villes
et aux campagnes, elle ne se fixe qu'à la maison paisible où nul bruit ne
troublera sa petite colonie, et à l'abri de laquelle la hutte solide qu'elle
s'est si soigneusement pratiquée peut subsister assez long-temps pour lui
épargner l'année prochaine de nouveaux labeurs. Si vous l'avez observée,
notre hirondelle se prévient volontiers en faveur des figures bienveil-
lantes. Elle se fie, comme une étrangère de lointain pays, aux procédés
du bon accueil. Elle aime qu'on ne la dérange pas, et s'abandonne à qui
l'aime. Je ne suis pas sûr que sa présence promette le bonheur pour
l'avenir, mais elle me le démontre intelligiblement dans le présent. Aussi
je n'ai jamais vu la maison aux nids d'hirondelles sans me sentir favora-
blement prévenu en faveur de ses habitans. Il n'y a là, j'en suis sûr, ni
les orgies tumultueuses de la débauche, ni le fracas des querelles domestiques. Les valets n'y sont pas cruels; les enfans n'y sont pas impitoyables;
vous y trouverez quelque sage vieillard ou quelque tendre jeune fille qui
protége le nid de l'hirondelle, et j'irais, un million sur la main, y cacher ma tête proscrite, sans souci du lendemain. Les gens qui ne chas-
sent pas l'oiseau importun et sa couvée babillarde sont essentiellement
bons, et les bons sont heureux de tout le bonheur qu'on peut goûter sur
la terre.

— Vous vous appropriez de si bonne foi et avec de si bonnes raisons
toutes ces croyances du vulgaire, que je serais étonné de vous trouver
des objections contre la superstition la plus universelle du genre humain.
Cependant je n'ai surpris en vous qu'un sourire de pitié et un léger
haussement d'épaule, quand le garçon de l'auberge a renversé tout à

l'heure la salière sur la table. Voilà au moins un préjugé dont votre philosophie ne daigne pas absoudre le peuple ?

— Un préjugé ! s'écria La Mettrie, un préjugé ! répéta-t-il en insistant énergiquement sur le mot. Savez-vous, mon ami, ce que c'est qu'un préjugé ? c'est, ainsi que l'indique son nom, une chose qui était jugée avant nous, un principe consacré par l'aveu unanime des nations, et contre lequel il ne reste d'argumens que dans la tête d'un rêveur étourdi et suffisant qui se croit appelé à casser sans nouvel appel les arrêts de l'expérience. Vous ne vous êtes pas trompé sur le mouvement que m'a fait éprouver la maladresse brutale de ce maroufle ; mais vous en avez mal saisi l'interprétation. Ce pauvre diable, qui n'est peut-être pas méchant de sa nature, fera nécessairement une mauvaise fin. Il est marqué d'une prédestination fatale, dont l'accomplissement ne peut faillir. Il a renversé la salière.

— En vérité ! m'écriai-je à mon tour, en restant immobile de stupéfaction.....

— Vous n'avez pas remarqué qu'à son entrée dans la chambre il avait lourdement heurté du pied contre la traverse d'un pouce de hauteur qui garnit la porte, et qu'il tenait la salière de la main gauche, quoiqu'il ne soit pas gaucher. Quiconque n'a pas prévu l'obstacle qui se présente devant son pied, dans une maison qu'il pratique depuis long-temps, n'en doit jamais prévoir aucun. Il manque de mémoire pour se souvenir des accidens, et de jugement pour s'y soustraire. Il ne jouit pas même de la finesse de tact qui dédommage une rosse aveugle de la perte d'un de ses sens. Les Romains rentraient chez eux quand ils avaient buté en sortant, et c'était une précaution fort bien entendue contre les événemens de la journée. Un homme qui bute a mal dormi, ou se porte mal, ou se trouve dans un état fortuit de préoccupation qui le livre à tous les dangers. S'il emploie sa main gauche, sans y être exercé, à des soins qui exigent de la précision et de la délicatesse, il achève de me révéler le défaut radical de sa malheureuse organisation. Il joint à l'imprévoyance grossière d'un automate l'insolente confiance d'un sot. Toutes les chances favorables de la vie appartiennent à la prévoyance et à la dextérité ; car l'habileté n'est que la dextérité de l'esprit. Comme la main est l'outil essentiel de la fortune, l'infortune est le lot infaillible de l'homme disgracié qui manque d'adresse et d'exactitude dans les opérations matérielles de la main. Les Latins étaient si pénétrés de cette idée qu'ils n'avaient qu'un mot pour représenter ce qui est gauche et ce qui est sinistre; et je pose en fait qu'on pourra reconstruire par la seule étymologie des mots tout l'édifice de la sagesse humaine, quand nos stupides logomachies auront achevé de le ruiner. Quoi qu'il en soit, vous me citerez d'ici à demain, si vous consultez vos souvenirs, des sourds, des borgnes, des boiteux, qui sont devenus de grands hommes, des artistes recommandables, d'illustres citoyens, d'heureux pères de famille, et je vous avoue que je suis encore à en trouver un qui soit né manchot.

» Quant au présage fâcheux qu'on peut tirer du renversement de la salière, continua La Mettrie, c'est une question plus commune et plus facile, et je doute, à vrai dire, que vous me l'ayez proposée sérieusement. »

Comme j'insistais par un sourire qui témoignait probablement que ma conviction n'était pas complète, il poursuivit en ces termes :

« Le sel a été dans tous les temps l'emblème de la sagesse, et je ne vous dirai pas aujourd'hui pourquoi; mais je sais qu'un emblème est une raison, et qu'on n'y portera jamais d'atteinte qui n'aille derrière lui blesser une vérité. C'est au point que je partagerais volontiers la prévention désobligeante du peuple contre une jeune fille qui a omis le sel dans le service de la table; car il est rare qu'on se souvienne d'un devoir de conduite quand on a l'esprit assez négligent pour en oublier la figure. L'usage du sel n'est pas circonscrit comme celui du pain; il est de première nécessité partout où il y a une famille, et c'est pour cela qu'il est devenu le signe de l'hospitalité parmi ces tribus ingénues et ingénieuses que nous appelons sauvages. L'action de répandre le sel indique chez elles le refus de protection et d'amitié à des étrangers suspects, en qui on redoute des ravisseurs et des assassins; et cette pensée m'attristerait à un festin de Lucullus, dans le cabinet d'Apollon. Vous ne voyez ici que la balourdise d'un mal-appris de valet, et je suis de votre avis; car cet affront indirect d'un hôte mercenaire n'est pas le fait de sa volonté. Mais serez-vous sans commisération envers l'être disgracié qui ne sait ni se servir de son pied pour éviter le heurt du seuil, ni se servir de sa main pour trouver le juste équilibre d'une salière, ni se servir de la portée et de l'exercice de son rayon visuel pour la mettre à peu près à sa place? L'infortuné n'a plus qu'à s'aller pendre, s'il lui reste assez de sens pour calculer l'action d'un corps qui gravite au bout d'une corde, et dont la pesanteur s'augmente en raison du carré de sa vitesse. — Et si vous parcourez, dans votre pensée, l'interminable série des accidens plus difficiles à éviter que peut occasioner sa pétulante étourderie, n'éprouverez-vous aucune sympathie pour une pauvre famille qui a de tels domestiques? — Pour moi, je ne craindrais pas d'assurer que la maison où l'on renverse le plus souvent le sel est de toute nécessité la plus malheureuse du monde, parce que c'est celle où l'on a le moins d'ordre, d'économie, d'adresse et de prévoyance, et que les choses que je viens de dire sont les principaux élémens du bien-être des ménages! »

— Il n'y a rien de plus véritable, mon bon ami, et j'admets d'avance la même interprétation pour le fâcheux pronostic que les bonnes femmes tirent de la rupture d'une glace.

— Ce présage est encore plus grave, reprit La Mettrie, parce qu'un miroir, fixé entre des châssis solides, est bien moins sujet aux hasards, et que l'éclat de son poli avertit de fort loin la vue des plus distraits. Sa matière oppose d'ailleurs une résistance suffisante aux percussions légères, et on ne le brise guère sans user de violence. Or, on ne peut attendre que d'affreux malheurs partout où l'imprudence et la gaucherie se compliquent avec la force et le pouvoir. On étendrait ce principe à des applications plus importantes, et l'histoire prouverait qu'il est de mise dans l'économie des états comme dans celle du foyer; mais je vous dois une autre observation qui s'éloignera moins de notre sujet : c'est qu'il était tout naturel que les lésions du miroir réveillassent une idée de fatalité dans l'imagination des hommes qui se sont transmis ces vérités d'expérience et de sentiment, que les philosophes ignorans appellent des superstitions. La répétition limpide et correcte de l'image de l'homme a par elle-même, quelque chose de fantastique, singulièrement propre à frapper les esprits d'une sorte de vertige; et la mutilation qui multiplie l'effet du miroir, en détruisant son unité, produit, de l'aveu de tout le monde, un effet qui sort de l'ordre des sensations communes. Ceci n'est pas seulement une superstition, pour me servir de leur langage; c'est une impression.

— Je l'avais éprouvée sans m'en rendre raison, répondis-je à La Mettrie, mais vous m'avez fait revenir de l'habitude des jugemens précipités, et j'oserais à peine vous proposer de regagner maintenant le salon des onze convives, puisque notre souper est fini, si la mèche de nos chandelles, qui plie sous un chapelet de disques ardens, ne m'annonçait pas que le cercle de la table d'hôte a dû s'agrandir d'un nombreux surcroît de compagnie. »

— Vous me faites penser, répliqua La Mettrie en éclatant de rire, que l'homme à la salière a oublié de nous donner des mouchettes; et je reconnais bien le génie pernicieux qui le domine à ce défaut de précaution. C'est peu pour lui de déshonorer la maison de ses maîtres par sa maladresse, s'il ne l'expose à être brûlée par sa négligence. L'induction dont vous me parlez n'est au reste, dans le langage du peuple, qu'une de ces périphrases figurées qui lui sont familières, et qui presque toujours enveloppent un sens exquis. Quand sa chandelle ou sa lampe l'avertit d'une visite prochaine, elle lui fait sentir la nécessité de retrancher le superflu de la mèche, ce qui est à la fois un soin d'ordre et un soin de propreté. Si la visite n'arrive pas, le moucheur de chandelles en est quitte pour un office indispensable que la tradition lui a remis fort à propos en mémoire, et qui sauve peut-être à son toit le malheur d'un incendie. Supposez que cela ne soit arrivé qu'une seule fois depuis qu'on répète à la veillée les vieux enseignemens de la sagesse populaire, et dites-moi si vous connaissez beaucoup de théories philosophiques qui aient rendu de pareils services au village. C'est une question que nous soumettrons, quand vous voudrez, à l'Académie de Berlin. —A présent, poursuivit-il en jetant sa serviette, je vous accompagnerai d'autant plus volontiers au salon que je suis depuis long-temps fatigué des hurlemens d'un chien dont le râle funèbre semble menacer le quartier.

— Bon, bon, vous n'êtes pas homme à redouter cet augure, pour lequel la science au moins n'a point d'explication.

— La science en trouverait dix, si elle cherchait bien, dit La Mettrie. Vous me direz sans doute qu'il est tout naturel qu'un chien égaré vienne se lamenter à la porte du gîte hospitalier où il a plus d'une fois suivi son maître avant d'en être séparé par quelque fatal accident, et réclamer à sa manière quelques débris d'alimens, rebuts de la table d'hôte et de l'office. J'en conviens très-volontiers, pourvu que vous conveniez à votre tour qu'il en est autrement du chien errant, que son instinct originel appelle de loin sous les murs d'un hôpital, ou à la croisée d'un moribond. Pourquoi ne serait-il pas pourvu de l'organe qui lui promet une proie, et qui était si bien assorti à sa destination, dans les combinaisons presque providentielles de la nature, que l'on voit partout impatiente et attentive à faciliter la décomposition des êtres dont la vie s'est retirée, comme pour rendre plus vite les élémens qui les composaient au laboratoire éternel de ses créations? Le vautour descend de bonne heure de ses montagnes à la suite des armées; il marque les champs de bataille d'un œil plus sûr que les capitaines; et long-temps avant l'effusion du sang, il plane avec une horrible joie autour de ce peuple de vivans qui lui doit des montagnes de morts pour sa curée. Le corbeau s'abat au sommet d'une potence neuve, et il en prend possession aussitôt que le bourreau. Le goëland bat des ailes sur les pas du pêcheur, et prélève en espérance la dîme de ses filets. Dans les villes de l'Orient, l'enterreur public se trouve souvent précédé par la hyène, qui rôde, avec son bâillement affreux, à travers les fosses vides. Dès le commencement de la nuit, elle s'introduit par troupeaux dans les murailles où des fléaux contagieux exercent leurs ravages, et attend, la gueule béante, qu'on lui jette des cadavres. Chez nous, le bœuf est à peine tombé sous la massue du boucher que l'air s'obscurcit d'un nuage d'insectes dévorans, de scarabées noirs et tannés, et de mouches vertes et bleues qui viennent recueillir sur le lieu du sacrifice leur part de chair et de sang. Si vous aviez jamais tué une taupe dans votre petit jardin, vous n'auriez pas tardé à voir se ruer autour d'elle un essaim bourdonnant d'escarbots à la robe lugubre, bardée de raies fauves comme celle des panthères, qui s'empressent d'enterrer le quadrupède tout palpitant, pour confier à ses entrailles encore tièdes le dépôt de leur hideuse postérité. Et vous vous étonneriez que le chien, rendu à son état primitif, par une circonstance fortuite qui l'a dégagé des devoirs de la domesticité en le privant de ses avantages, recouvrât la prévision funeste sur laquelle reposent à l'avenir tous ses moyens d'existence? Je ne sais si je me trompe, mais si je l'entends jamais sous la fenêtre du logis où j'aurai été surpris par une maladie soudaine, traîner en longs gémissemens ce cri sauvage qui n'est plus familier à son espèce, je comprendrai parfaitement ce qu'il demande. »

» Ces mots achevés, La Mettrie se dirigea vers le salon où je l'accompagnai, et c'est là que finissent notre conversation et mon récit. Tout ce qu'il me semble à propos d'ajouter, c'est que ce fameux matérialiste mourut peu de temps après, et qu'il mourut chrétien. »

— Je n'en suis pas étonné, répondis-je à M. Mauduyt.

Mais ces impressions sont aujourd'hui trop éloignées de moi pour que je puisse dire bien positivement si j'attachais à cette réponse le sens d'un corollaire logique, ou si je n'en faisais qu'une épigramme.

Ce dont je me souviens mieux, c'est que nous allâmes prendre du café chez Peyron, qui occupait alors cet angle de la galerie septentrionale du Palais-Égalité habité depuis par Lemblin, et qui a conservé, je crois, la réputation de son moka parfumé et de ses liqueurs délicates. La jeune et jolie personne qui siégeait au comptoir d'acajou aurait probablement fait perdre à La Mettrie lui-même le fil de ses hautes spéculations philosophiques. J'y revins pourtant un moment.

« Ce que vous m'avez dit, mon cher maître, m'a étrangement frappé ; mais ce n'est jusqu'ici qu'une dissertation de sceptique à la manière de Bayle. Vous n'avez pas daigné me faire part de vos conclusions.

— J'en tirerais deux pour le moins, me répondit M. Mauduyt ; et les voici, puisque tu les demandes :

» La première, c'est qu'il ne faut pas juger trop légèrement des choses les plus absurdes en apparence, parce qu'il y a beaucoup de vérités très-positives et très-faciles à démontrer qui échappent aux demi-savans ;

» La seconde, c'est que les gens d'esprit ne sont jamais embarrassés de prouver tout ce qu'ils veulent. »

— Tant mieux, repris-je avec chaleur ; les gens d'esprit n'ont d'intérêt qu'à faire valoir les idées bonnes et utiles, et le gouvernement représentatif que nous avons le bonheur de posséder nous a placés sous la direction des gens d'esprit. »

M. Mauduyt me regarda fixément encore une fois, replaça ses lunettes dans leur étui, et me tendit le *Journal du soir* des frères Chaignieau, qu'il venait de parcourir, en m'indiquant du doigt la séance des conseils :

« Vois plutôt ! » me dit-il.

CH. NODIER.

LE MOINE DU SPLUGEN,

ou

LE DIABLE ARCHITECTE.

LÉGENDE GRISONNE DU DIXIÈME SIÈCLE.

Deuxième Partie (¹).

Dès le jour même la nouvelle du miracle se répandit avec la rapidité de l'éclair dans toute la vallée. Descendant, comme le torrent, le long de ses pentes escarpées, elle courut dans tous ses chalets, inonda tous ses villages, et arriva, bruyante et grossie, jusque dans la vallée du Rhin, auquel ce torrent va mêler ses eaux. Aussi le soleil était-il encore bien loin de se coucher que déjà l'étroite cellule de frère Ruodi était remplie d'une foule empressée, qu'elle pouvait à peine contenir. Le sentier qui y conduisait, la vallée tout entière étaient noirs de ces bons paysans, déroulant sur ses pentes grisâtres leur longue procession, et faisant retentir ses

(¹) Voir la *Revue de Paris*, tome **XXXI**, page 175.